ET Scrittori

Dello stesso autore nel catalogo Einaudi

Isolario

Vite senza fine

Storie fantastiche di isole vere

Ernesto Franco

Usodimare

Un racconto per voce sola

Einaudi

www.einaudi.it

ISBN 978-88-06-26547-2

per Irene

Usodimare

Questo racconto è stato pubblicato per la prima volta
da il melangolo nel 2007.

(L'ispettore della Compagnia avanza sulla scena in penombra.
Si intuisce la plancia di una nave. Gli strumenti. Un tavolo da carteggio.
L'ispettore accende un personal e per qualche minuto quella è la sola luce di scena. Poi ne accende un altro. Sta preparando un documento vocale).

Ancora una volta per l'ultima volta. È la formula perfetta dell'addio. Lo dice l'addio, ma lo rimanda anche. Lo riconosce, è come se ne avesse subito orrore, e lo differisse. Ma lo celebra. Lo fa durare. Per l'ultima volta sí, dice, ma ancora una volta. Perdio.

So bene che questo non ha il minimo interesse per la Compagnia. Ha invece molto a che fare con la mia relazione e con tutta questa storia, che adesso, in mancanza di meglio – e di peggio per la verità –, credo di poter concludere. So anche di non fornire grande aiuto con quanto vi dirò, anche se... Insomma, la Direzione deciderà poi le misure da adottare. Quando crederà. Come crederà.

Dunque, la situazione della nave è attualmente questa, che la nave non esiste piú, anche se proprio ora mi trovo sul ponte di comando, diciamo fra il timone e il tavolo da carteggio. Mi spiego meglio. Cosí capirete, e forse, chissà, comincerete anche a farvi un'idea del carattere di Pepe Usodimare. D'altronde è ben lui che abbiamo cercato fino adesso in giro per il mondo, ed è forse lui che qualcun altro, dopo di me, continuerà a cercare. La decisione è nelle vostre mani.

Pare che sia stato un suo desiderio. Già, che la nave fosse demolita lasciando per ultimo il ponte di comando. Esattamente il contrario di quanto si fa qui di solito a Chittagong. Questi operai del Bangladesh sono talmente mal ridotti che di solito il ponte di comando con i suoi oggetti di pregio, diciamo cosí, viene preso d'assalto subito. Dai primi, da quelli che sono ancora sufficientemente robusti da arrivare a bordo scalando a mani e piedi nudi le catene delle ancore.

Ma questa volta non dev'essere andata cosí. Hanno fatto come voleva lui. Questo è sicuro. Una delle poche cose sicure in questa storia di ricordi a pagamento e ipotesi per passione. Hanno demolito tutta la nave cominciando dalla prua. Paratia per paratia, ponte dopo ponte, stiva dopo stiva. Poi hanno girato intorno al castello di poppa e dalla poppa hanno ripreso per arrivare di nuovo al castello.

Cosí io ora sono in cima a una specie di torre alta trenta metri e piantata nella sabbia marcia di Chittagong. Come un gigantesco chiodo della Croce. Ci si arriva con una biscaglina, di quelle da piloti, ma replicata per venti. Una fatica terribile con questo caldo. L'aria qui è acqua. Dai vetri ancora intatti vedo una foresta di ferro. Ciminiere senza caldaie, antenne, gru. Prue senza navi, eliche senza poppe. La sera, questo su cui mi trovo è l'unico oggetto della costa con una luce ancora accesa. L'unico ancora vivo.

Da lontano deve sembrare il piú orrendo, o forse il piú stupido. Anche di notte, anche da quest'altezza, il fetore è insopportabile.

Ma questo, come dicevo, è il punto d'arrivo, o almeno il punto in cui sono arrivato io. Tutto l'ultimo atto comincia quasi un anno fa, quando Pepe Usodimare riceve a Cuba il seguente messaggio.

(L'ispettore della Compagnia legge sul secondo personal):

Ovunque tu sia, apri bene le orecchie capitano. Arriva oggi al registro navale della città ricurva la comunicazione che il cargo «Bahía Inútil» è stato battuto all'asta e venduto praticamente come ferro vecchio. Lo vende la compagnia boliviana «Sur», che fa capo alla finanziaria «Transea», con sede a Zurigo. Lo comprano le acciaierie «Indi», di Bombay. Ora il «Bahía Inútil» è ormeggiato nel porto di Aden. Verrà demolito a Chittagong. Come vedi ci sono di mezzo ancora parecchie miglia di mare. Salperà non appena la capitaneria locale troverà un comandante per questo bell'incarico. Cosa, come puoi immaginare, per cui non c'è la fila.

Ma la notizia è vecchia ormai di tre settimane. L'equipaggio è stato racimolato sul posto, e quindi puoi ben figurartelo da solo. Sono sedici uomini di ogni provenienza. Diciamo che nei loro documenti, e non tutti ce l'hanno, non compare mai il nome di alcuna località del tanto vituperato primo mondo. Tre risultano residenti senza fissa dimora (ma cosa vuol dire?) ad Aden. So che ormai sei diventato una stella della marineria per turisti dei Caraibi, ma te lo dico lo stesso perché mi sono ricordata di una notte forse davvero troppo alcolica nei vicoli di Sottoripa. Avevi fatto di tutto per portarmi a letto e quindi di tutto mi sono dimenticata. Tranne che della storia del «Bahía Inútil», che era caduta nei tuoi commoventi sproloqui come un meteorite di autenticità. Che aveva sorpreso, se non ricordo male, anche te. Romantica? Può essere. Ma ti ricordo che ho un passato da entomologa. Mi piacciono le farfalle e perciò le uccido e sono la massima esperta della loro instabile psicologia.

Spero che tu non abbia cambiato mail e che questo messaggio ti raggiunga. Mi piacerebbe sapere come va a finire. Potrò saperlo? Ciao. Donna Marina (ricordi?)

Donna Marina è un personaggio definito ma secondario in quest'ultima fase della vita conosciuta di Pepe Usodimare. Per me al contrario, per noi voglio dire, è piuttosto importante. Per questa notizia sul *Bahía Inútil* e perché è la chiave per arrivare a Nenè. O almeno al suo fantasma.

Il messaggio di Donna Marina si stampa nel sonno di un vecchio personal che Usodimare deve aver comprato una quindicina di anni fa a Taiwan, quando era un prodigio della tecnica. Ora è praticamente obsoleto. Ma Usodimare in tutto questo tempo l'ha usato per rimanere in contatto con il mondo e, per nostra fortuna, anche come diario di bordo e come diario personale. È dai suoi file che sappiamo come Usodimare tornasse quella sera nel gelo irreale della sua camera d'albergo a La Habana. Dalle sue note si capisce che deve essere stata una serata vuota, un po' troppo comunista. Usodimare gira per quasi un'ora su un cocotaxi guidato da una ragazzina simpatica ma spaventosamente pelosa. Costeggia fra l'altro il Museo de la Revolución e si perde a guardare da fuori il *Granma*, il battello sul quale sono arrivati sull'isola, naufragando, Castro e i suoi. Sta dentro un'enorme vetrina sempre illuminata da una luce di laboratorio. Gli sembra un gigantesco feto marino immerso nell'oblio della formalina, e non solo in quello, d'oblio. Si fa lasciare in fondo a una calle che ben conosce e mentre torna verso l'albergo a piedi pensa al buon senso della Rivoluzione che ha cambiato in *Calle de los hermanos* il vecchio nome di *Calle amargura*.

Una volta in albergo, Usodimare apre il relitto di Taiwan. Come ogni sera. Risponde subito a Donna Marina, dicendole che, effettivamente, come il nome che si è scelta, è una donna molto romantica, che anche lui ricorda i sussurri di Sottoripa, e che comunque ha ragione, per questo viaggio del *Bahía Inútil* il capitano sarà lui. Dovrà essere lui. Promette di essere ad Aden in ventiquattr' ore. Intanto Donna Marina provveda a rallentare tutto quanto è possibile rallentare. Faccia pure sentire il profumo dei dollari ai funzionari arabi.

Quella stessa notte Usodimare trova un volo, anzi una serie di voli che, in un breve giro del mondo, dovrebbe farlo arrivare ad Aden con cinque ore di ritardo rispetto a quanto ha promesso a Donna Marina. E precisamente – nel personal ho ritrovato tutte le prenotazioni: La Habana - Mosca - Francoforte - Sofia - Atene - Beirut - Il Cairo - Abidjan - Aden. Ha sei ore per riposare. Deve dormire e dorme. Si sveglia prima dell'alba. Quando lascia l'albergo, annoterà poi già in volo, gli occhi gli si impigliano in una giovane donna che aspetta a un angolo di *Calle amargura.* Ha un vestito cortissimo strettissimo e abbagliantissimo. *Jinetera* – pensa Usodimare – viola triste e nera. Sale sul taxi e cerca di dormire ancora fino all'aeroporto.

Di decollo in decollo gli aerei che Pepe Usodimare deve prendere sono macchine sempre piú vecchie. Sempre piú Antonov.

Scrive che gli sembra di passare impercettibilmente dalle mani dei piloti a quelle di Dio. Aumentano le vibrazioni e diminuiscono le bibite. Ad Abidjan lo stewart che gli chiede se vuole un po' d'acqua ha un'enorme macchia di caffè su una giacca rosa. In tutto, Usodimare passa ventinove ore nell'atmosfera artificiale degli aeroporti. A un certo punto, forse a Beirut, mangia un piatto di würstel, crauti e patate all'interno di una finta, improbabile stube. Vede l'alba che era imminente a La Habana solo scendendo dall'aereo ad Aden. Sa che non può essere la stessa alba, ma non riesce a convincersene. Non ha toccato l'orologio, ma è sicuro che faccia l'ora esatta. Anche ad Aden l'aria si può bere.

Quando arriva alla capitaneria di porto un funzionario tropicale gli comunica dentro uno sbadiglio interminabile che il *Bahía Inútil* è salpato da cinque ore. Non si preoccupi, gli dice, per dove deve andare può arrivarci anche con la gente che c'è. Non hanno bisogno di uno come lei.

Non è cosí che stanno le cose, appunta

Usodimare nel suo diario, non è il *Bahía Inútil* che ha bisogno di me, ma io di lui. Chiede un telefono e chiama in Inghilterra la nostra Compagnia. Qualcuno da noi gli risponde e gli passa qualcun altro. A sua volta Usodimare passa la cornetta al funzionario, il quale si alza in piedi, ascolta e dopo un po' dice che senz'altro, che non ci saranno problemi. Si rivolge poi a Usodimare come riprendendo un discorso interrotto e gli dice che naturalmente è possibile raggiungere la nave con l'elicottero dell'esercito, che stupido a non averci pensato prima. Bisogna solo fare rifornimento di carburante perché lo hanno appena usato per trasportare all'ospedale della città un caporale dei pozzi petroliferi dell'interno ferito gravemente nel riportare l'ordine fra gli operai. Dice tutto questo senza prendere fiato, senza pause. Ci sarà ancora un po' di sangue, dice sorridendo. E sorridendo aggiunge che Usodimare dovrà calarsi in volo perché, come ovvio, il *Bahía Inútil* non ha ponte d'atterraggio. È probabile che a questo punto si aspetti un no, ma Usodimare ormai non può piú tornare indietro. Dice che va bene e pensa a tanti anni prima, quando davanti al porto della Valletta era dovuto salire da una pilotina su una nave passeggeri con un mare forza sette. Si dice che non sarà troppo diverso. Anche se ora sente se stesso diverso.

Due ore dopo sale sull'elicottero. Fatica a tenere gli occhi aperti. Quando fa per allacciarla, la cintura di sicurezza gli rimane in mano. Il soldato che siede di fronte a lui bestemmia un suo dio in una lingua incomprensibile e dice, in un inglese speziato, che dovrà restare in servizio piú a lungo per aggiustarla. Poi gli passa una cintura elastica sotto il sedile, gliela annoda in vita e dice, meglio di prima, con un sorriso a cui mancano un incisivo e un canino. Usodimare scriverà poi che da quel momento prova a non esserci piú su quell'elicottero, a trasportarsi altrove. Dopo un'ora e quarantacinque minuti di volo sono sulla scia del *Bahía Inútil*. In fondo, la nave barcolla su un oceano lungo. L'elicottero fa un giro sopra la coperta e poi si ferma sulla nave sincronizzando le velocità. Prima arriva la sacca di Usodimare, che finisce fra le gomene di prua. Poi, con meno decisione, arriva lui, appeso a una fune meccanica. Negli ultimi tre metri il verricello dell'elicottero ha come un intoppo e poi scorre a piombo, senza frizione. Usodimare precipita sul ponte, a un metro dal boccaporto principale, che è spalancato. Si sgancia subito e l'elicottero cabra, rimanendo indietro come se si fosse impigliato nell'aria. Usodimare si alza in piedi con una caviglia che gli brucia di dolore. Se l'è slogata, ma fa finta di nulla. Chiudete, perdio, dice. Poi dice a qualcuno, a caso, di procedere cosí, che deve ritirarsi in cabina per studiare certe carte degli armatori. In cabina inizia a tremare e il tremito non si arresta per qualche minuto. Poi, a periodi alterni, mette il collo e la caviglia dentro il lavabo, sotto un getto di acqua fredda. La sera non è ancora uscito.

Ecco che cosa scrive sul personal otto ore dopo esser precipitato sul *Bahía Inútil.*

Ancora una volta per l'ultima volta questa nave è mia. Sarà ininterrottamente mia per ventimila miglia. Lentissime miglia, a giudicare dal rumore delle macchine. Deciderò la rotta, anche se è inevitabile. E i turni, anche se obbligati. E soprattutto deciderò la manovra finale, che dovrò invece improvvisare perché non esiste neppure sui manuali. Nessuno che io conosca ha mai spiaggiato uno scafo cosí grosso. Eppure si fa. Lo fanno decine di piloti in tutto il mondo. Se il mare sarà lungo, bisognerà cercare la carezza dell'onda. Se sarà grosso, bisognerà aspettare, magari un'intera settimana, come se si fosse in rada. Ma se va bene, il mare sarà piatto e allora bisognerà solo respirare con la marea. Vedremo.

Se qualcuno qui, nel frattempo, decidesse di morire toccherà a me accompagnarlo con le ultime parole fin dentro l'oceano. Anche se non ci sono parole che vanno bene per tutti. Se qualcuno vorrà sposarsi sarò io a dover celebrare le nozze, anche se non credo che questa volta ci siano donne a bordo. Non abbiamo neppure carico, come è naturale vi-

sta la destinazione. Galleggiamo alti e leggeri, troppo leggeri, sull'oceano. Quindicimila tonnellate di vuoto in bilico e in pericolo sul pelo dell'acqua.

Oggi il mare è lungo e lento.

Alla fine, poi, la nave sarà loro, ma non sarà piú una nave. La divoreranno come formiche rugginose, sotto quelle loro piogge incessanti, dal profondo della loro disperazione. Ma avranno nelle loro mani ferite solo una montagna di ferro, una balena meccanica, un'onda magnetica. Non piú una nave. Un'opera viva che con gli anni, come me, come tutti, diventa un catalogo di tremori e di vizi con quel loro ritmo inconfondibile che le religioni chiamano anima.

Ma c'è ancora tempo. Tempo per cercare. Per trovare. Poi, tutto può andare in malora. Come questa nave. Con questa nave. È curioso come da un certo momento in poi non si faccia che andare avanti procedendo a ritroso.

Che cosa vuol dire Usodimare con queste ultime parole, che non hanno niente a che fare con quanto precede? Che cosa cerca su un vecchio rottame di cargo?

Che abbia cercato qualcosa è indiscutibile. Da questo momento in poi il suo comportamento sembra seguire una precisa strategia, come un piano, che risulta incomprensibile per quella risacca d'equipaggio. Di tutto ciò naturalmente non c'è traccia nel suo diario di bordo, che pure annota alcune cose importanti, ma all'apparenza senza nessun nesso le une con le altre. Ho potuto ricostruire questa fase della navigazione solo grazie alla memoria e ai racconti del nostromo, chiamiamolo cosí, del *Bahía Inútil*, il signor João Niretinho, che ho rintracciato qui a Chittagong. È un portoghese di circa quarant'anni. Ne dimostra venti di piú. Originario della Isla de Ons. Parliamo seduti in una baracca del porto perché lui non vuole piú salire su quel che resta del *Bahía Inútil* da quando la gente di qui ha cominciato a chiamarlo il «chiodo di Dio». Per parlare chiede denaro, per l'esattezza trecento dollari, come vi risulterà dalla mia nota spese. E limonate. Beve, suda e parla. Soprattutto suda. Sembra che l'afa e l'umidità di qui gli siano entrate dentro. Non ha ancora trovato un imbarco per andarsene via.

Mi racconta che Usodimare esce dalla cabina solo il giorno dopo il suo arrivo. Ha una caviglia gonfia che lo fa zoppicare visibilmente. Anche Niretinho la collega all'atterraggio sfortunato sul ponte. Usodimare appare del tutto disinteressato alla navigazione. Dice al nostromo che va benissimo come decide lui, che si vede che è un buon equipaggio, che fra marinai ci si capisce, cose del genere. Niretinho in realtà non capisce proprio nulla di quest'italiano stranito, che arriva sul *Bahía Inútil* facendosi addirittura precipitare da un elicottero e poi sembra non volersi occupare della navigazione, di che cosa allora?, sembra che la nave e il suo equipaggio gli siano totalmente indifferenti. Ma rimane ancora piú stupito quando Usodimare gli chiede di ispezionare gli alloggi dei marinai. È una richiesta inusuale, mi dice Niretinho, che può venire in mente a un capitano solo dopo mesi di permanenza in qualche porto dimenticato da Dio e dagli armatori. Ma non è certo la prima cosa da fare quando arrivi su un rottame come quello, con la prua in movimento verso il mare aperto.

Il nostromo lo aiuta a scendere la scaletta del ponte. È un esercizio faticoso per Usodimare. Ogni volta che sfiora la coperta col piede si deve fermare per riprendere fiato. Gli alloggi dei marinai vengono ispezionati minuziosamente. Usodimare è lentissimo. Sembra avere a disposizione tutto il tempo del mondo. Non tiene in nessun conto il nervosismo dell'equipaggio, che al contrario Niretinho percepisce anche attraverso il ponte. Usodimare ha con sé una pila, una calamita e un coltello. Fruga non solo negli stipetti degli uomini, ma in ogni angolo della struttura, delle pareti. Dove non si arriva a vedere, Usodimare accende la pila e dove non arriva il coltello usa la calamita. Alla fine dice, tutto come prima, come all'inizio, e si fa riportare in cabina. Sulla porta si volta e regala al nostromo un bullone di ferro che gli era rimasto impigliato nella calamita. Non so che farmene, gli dice Usodimare, e Niretinho pensa, aprendo la mano, io neppure. Usodimare resta chiuso in cabina – dove dorme e mangia – per un'intera settimana. Esce solo a notte fonda. Zoppica sul ponte. Lo sentono tutti i marinai perché si appoggia a un'asta di metallo e si muove, anche se con lunghe pause, fino all'alba. Il settimo giorno, quando ormai il *Bahía Inútil* si è lasciato da tempo alle spalle Capo Guardafui passando a sud dell'isola di Socotra, Niretinho bussa alla porta della cabina di comando alle 17,47.

Questa volta l'ora e il motivo della visita sono registrati nel personal di Usodimare.

Questo pomeriggio, al tramonto, il nostromo mi chiama sul ponte. Penso che è vero, che non mi faccio mai vedere e spero che diano la colpa alla caviglia. La rotta è quella, loro fanno benissimo da soli, dico. Ma ora capisco che ogni tanto dovrò fare il capitano. E allora eccomi, pronto a interessarmi davvero a qualsiasi sciocchezza mi vogliano dire. Quasi tutto l'equipaggio è appoggiato al parapetto di dritta. Sembrano curiosi affacciati al balcone. Sono tranquilli, mi sembra. Una balena, pen-

so. Guardo l'orizzonte di calma piatta e vedo una serie nera di microscopici puntini. Come fossero gabbiani giganti appollaiati sul pelo dell'acqua a due o tre miglia di distanza, fuori rotta. Guardo con il binoccolo che mi passa Niretinho. Sono vele. È strano a queste latitudini e cosí in alto mare. Sono certo che sono fuori dalla nostra rotta, ma mi rendo conto della situazione e ordino un accosto a dritta verso di loro. È il mio primo ordine nautico. Servirà a distrarre tutti per un po'. Li raggiungiamo in poco tempo. Sono piccoli catamarani in vetroresina, modernissimi, da regata. Li muove ora una brezza lieve, al traverso. Le vele sono perfettamente a punto. Sono disposti in due file parallele. Li conto, sono venticinque. Sono vicinissimi gli uni agli altri. Qualche volta si toccano, con le vele, con le prue. Ma a bordo non c'è nessuno. Tranne un piccolo macaco, che urla e mostra i denti mentre salta da un catamarano all'altro agitando senza senso tutti i timoni. È lui il timoniere di tutte quelle vele. Il «Bahía Inútil» rallenta e sfila in mezzo alla flotta deserta come un vecchio dinosauro. I mulinelli delle sue eliche cambiano un poco la rotta della regata assente. Mi volto verso il nostromo, e ovviamente non so cosa dire. Forse un incidente da panico collettivo, forse un'onda anomala. Dico con grande sicurezza che bisognerà prendere nota dell'accaduto. Del numero dei piccoli catamarani, se possibile del numero velico di ciascuno. Niretinho mi risponde che senz'altro, ma mi guarda come per una domanda. Già, lo devo fare io, penso, mentre le urla del macaco si sentono ormai a mezzo miglio dalla nave. In realtà non mi importa nulla né dei catamarani né del macaco né di questa gente. Devo tornare a cercare. Non c'è tempo.

Dopo questo episodio, Usodimare torna a rinchiudersi nel suo alloggio. Il giorno dopo convoca il nostromo e gli comunica quello che definisce il suo piano di ispezione. Prima la sala macchine, poi la dispensa, poi la giava, comunque tutti i magazzini e i ripostigli dei tre ponti del *Bahía Inútil*. Infine le stive, che sono divise in cinque grandi comparti stagni e poi anche la sentina. Niretinho prova a dire che le stive sono vuote, come è evidente dalla linea di galleggiamento della nave. Solo liquami, mi dice mentre ingurgita altra acqua e limone, una puzza tremenda, un sacco o due dei carichi precedenti, pieni di materiale ormai marcio. Non fa nulla, risponde Usodimare, domani si comincia con la sala macchine, dirai agli uomini che non mi fido dello stato di manutenzione della nave. Niretinho si ripete muto quella frase. Già, lo stato di manutenzione. Non ci aveva mai pensato prima. Anche una nave come il *Bahía Inútil* ha bisogno di manutenzione. Non può neanche lei navigare e basta.

La caviglia di Usodimare non guarisce ma non peggiora e lui inizia a zoppicare con il suo bastone di ferro fra le caldaie, i manometri, i serbatoi del carburante. Il pulsare del motore e il picchiettare metallico del suo bastone cronometrano la vita del *Bahía Inútil*, che è ormai in mezzo al Mare Arabico e fa rotta sul faro di Suheli come se la sua navigazione fosse retta da leggi autonome, da leggi della natura, indipendenti dalla volontà degli uomini. Usodimare rovista il suo guscio vuoto una due tre volte. Con la pila, il coltello, la calamita.

Piú passano i giorni e piú diventa nervoso. È come distratto, assente, o, che è lo stesso, concentrato in qualcosa che non ha motivo di confidare a nessuno. La sera, negli alloggi dei marinai, il nostromo continua a ripetere, non so, non so cosa dire, non mi era mai capitato. Una notte però Niretinho deve bussare con insistenza alla porta della cabina del capitano. Ha appena scoperto che dalla dispensa manca un pacco grosso di gallette. Ha perquisito tutti gli stipetti dei marinai, dice. Niente. Il giorno dopo è la volta di una, preziosissima, bottiglia di rum. Poi di acqua, di patate, di scatole di alici con relativo apriscatole. Poi all'improvviso le ruberie finiscono. Usodimare ascolta tutti i rapporti del suo nostromo con un crescente sorriso sulle labbra. Per la prima volta chiede i nomi dei suoi marinai, si informa della loro nazionalità, o almeno della provenienza, dell'età. E non bada all'invocazione di misure repressive del nostromo, che teme un ammutinamento. Per prendere cosa?, gli chiede freddo Usodimare. È una domanda che Niretinho non aveva previsto e non sa come rispondere. Usodimare gli ordina di convocare tutti gli uomini sul ponte. Credo di aver capito il messaggio, dice in un inglese internazionale. Va bene, ognuno di noi nasconde qualcosa e cerca o è cercato da qualcosa. A volte veniamo trovati a volte no. Ma molti occhi vedono meglio di due, mi state dicendo. Sono d'accordo. Facciamo cosí, io sto cercando su questa nave qualcosa che per me vale qualcosa. Per voi, per chi me la trova, diecimila dollari che, lo dico per aiutarvi a non fare cattivi pensieri, non ho qui con me. Li intesterò via mail a vostro nome non appena me la porterete. Non so dirvi né cosa, né come, né dove cercare. Vi prego però di stare attenti, potrebbe essere fragile. Questo discorso, che Niretinho ricorda quasi a memoria, scatena sul *Bahía Inútil* un'attività febbrile. Nella calma piatta dell'oceano la sua lenta marcia e i suoi cinquantadue piedi di lunghezza fuori tutto vengono percorsi giorno dopo giorno, in lungo e in largo, in alto e in basso, da un gruppo di uomini che cerca una cosa che forse non c'è. Il *Bahía Inútil* diventa un labirinto percorso senza sosta da un grappolo di topi, ciascuno dei quali vuole trovare una via di uscita a scapito degli altri. Nel frattempo il cargo procede nell'afa verso la sua fine. Come se fosse vivo e indifferente.

A questo punto ho interrotto il racconto del nostromo, come avreste fatto voi, e gli ho chiesto se alla fine i marinai avessero trovato qualcosa. Mi ha giurato di non saperlo, ma di dubitarne fortemente perché, una volta a Chittagong, Usodimare ha fatto la stessa proposta alle squadre dei demolitori. Niretinho mi ha detto anche che c'erano altri particolari sull'ultimo viaggio del *Bahía Inútil* e che, dietro ulteriore compenso, me li avrebbe raccontati. Dal personal di Usodimare sapevo bene quali fossero le altre cose da chiarire, ma in quel momento mi sono fissato su un dettaglio del suo diario che mi era rimasto, non so perché, nell'orecchio. Sono andato a ricercarlo. Eccolo.

Perché a un certo punto Usodimare dice «anche se non credo che questa volta ci siano donne a bordo»? Quando c'erano state per lui «donne a bordo»? Quella era la cosa da cercare per chiudere subito tutto e lasciar perdere il resto. Ho preso un aereo – una serie di aerei, direbbe Usodimare – e sono arrivato alla città ricurva. Lí qualcosa ho trovato. Sí. Ho cercato Donna Marina e ho trovato Nenè.

Nenè e Usodimare sono legati da una serie di disincontri. Donna Marina non sa dirlo altrimenti. Il disincontro – cerca di spiegarmi – è l'incontro che sarebbe potuto avvenire. Anzi, che sarebbe dovuto avvenire. Ma che, per una imperscrutabile ragione, non si è dato. Si era nello stesso posto, ma per millesimi di secondo diversi. Si era nello stesso minuto, ma in due stanze lontane. Si è sentita la stessa emozione, ma in due epoche della vita dispari. L'incontro, in qualche modo, c'è, ma non avviene del tutto. È quando trovi le parole il minuto dopo. Quando ti viene il gesto davanti a chi non può comprenderlo. Quando il tuo corpo perde l'alibi del pudore, e nello stesso tempo la chance della bellezza. Donna Marina dice che i disincontri hanno sempre un non so che di teneramente ridicolo. Sono scritti nel destino di città come questa, dice. Non ho notato come a volte, in fondo alle molte vie che finiscono in mare, sfilino una nave passeggeri, o un transatlantico? Hanno cinque, dieci, venti ponti. Sono alti come i palazzi delle vie. A volte di piú. Ma, a differenza di quelli, passano. Si muovono. E quel movimento si trasmette, come possibilità, a tutto il resto. Chi nasce in una città come questa si abitua a vedere cose come queste. Anche se non lo sa, o non lo vuole ammettere, pensa in una parte dei suoi pensieri che anche i palazzi delle vie, che anche la città, potrebbero un giorno salpare. Tutto ciò rende la terra inquieta. Le emozioni instabili. Sí, è cosí, dice Donna Marina come inseguendo un suo pensiero. Poi passa a raccontare di Nenè e Usodimare.

La prima volta che si incontrano lei si è appena innamorata di MG, che Usodimare conosce molto bene perché anche su di lui esercita un'attrazione che non è mai riuscito a spiegarsi del tutto. MG è per Usodimare uno di quegli amici che per un caso della sorte stanno sempre un passo avanti a noi. Ne vediamo i difetti e le debolezze, ma nonostante tutto non possiamo non riconoscerli migliori. Usodimare è in quella trappola quando incontra Nenè. Sa perfettamente che MG è febbricitante di uno spirito di perdizione, per carità niente di trascendentale, una perdizione banale, quotidiana, ma irrimediabile e a suo modo terminale. Lo ha sentito da poco raccontare con ironia del pudore di Nenè, di come fosse per lei la prima volta a piegare il corpo alle mosse forti dell'amore e delle parole dell'amore. Di come con stupore avesse accolto il proprio piacere di guardare, di gustare, di farsi scoprire e di esporre il proprio corpo alla violenza dei gesti primi. Quasi simmetricamente, pochi giorni dopo, lei gli racconta, come si racconta all'amico, il mistero, era questa la sua parola, di MG, di come in fondo alla sua malvagità ci sia qualcosa che è difficile comprendere, ma di cui forse può valere la pena. In questa occasione Usodimare dice poche parole, non le dice che la desidera, non le dice neppure che ha ragione, che in fondo è impossibile sentire in modo diverso MG. Quando Nenè lo richiama, di lí a qualche tempo, gli snocciola le prevedibili, banali angherie di un amore non condiviso. Usodimare dice che capisce e forse, in quell'occasione, anche Nenè capisce. Non si parlano piú per anni. Si dànno notizie, semplicemente. Gli imbarchi di Usodimare, il lavoro di Nenè. Gli arrivi e le partenze di MG, a cui lei si lega sempre piú.

La seconda volta che Usodimare e Nenè si incontrano fisicamente, voglio dire di persona, è in un aeroporto, per la precisione il JFK di New York. Non è un caso. Si sono messi d'accordo. Per Usodimare è uno stop verso Miami, dove ha un imbarco per una crociera nei Caraibi. Deve sostituire un capitano che ha avuto un infarto, come risulta anche dalle carte della nostra Compagnia. Nenè, invece, arriva a New York e deve restarci una settimana. Il broker per cui lavora l'ha mandata in missione presso l'armatore

Tennyson. Niente di preciso, relazioni pubbliche, dice Donna Marina. Si incontrano alle partenze, check-in Alitalia numero 15. Per Nenè, che viene da Milano, sono le due di notte, per Usodimare, che viene da Manila, le dieci del mattino. A New York sono le otto di sera. Provano l'esperienza di quell'eternità minore che consiste nell'essere staccati dal tempo perché ci si muove piú veloci. O al contrario. Hanno concordato tutto via mail e per telefono, si sono chiamati un numero imprecisato di volte (18, Usodimare le ha calcolate in un file dedicato solo a questo). Si incontrano con una precisione cronometrica perché gli aerei del mondo quel giorno spaccano il minuto. Hanno due ore e venti. Lo sanno. Ma quando si vedono e si guardano capiscono entrambi che non hanno mai detto perché si sarebbero dovuti incontrare. Già, perché? Quel che è peggio è che non hanno mai pensato che ci dovesse essere un perché. Questo li disarma, li ammutolisce. I perché bisogna dirli. Difenderli. Ora non c'è un perché a disposizione. Usodimare ha la barba non fatta e Nenè una gonna leggera, che si muove contro il tempo della sua camminata. Quando si trovano si toccano ma non si baciano. Passeggiano fra spazi vendita dove sono in mostra orologi, cravatte, cioccolata, macchine fotografiche e qualsiasi oggetto possibile in versione digitale. C'è un bar argentino, una specie di drive-in californiano per appiedati, una pizzeria italiana, un kebab, una birreria bavarese. Un passo fuori ci sono alberghi di tutti i tipi, ma sarebbe impossibile. Bevono un caffè americano, che si può bere prima o dopo o durante qualsiasi cosa. Sanno quello che vorrebbero. Se non fosse per il momento sbagliato. Le due ore passano e passa il momento.

Il terzo disincontro è l'ultimo. Usodimare l'ha appuntato, almeno in parte, sul suo computer. È per la prima volta al comando del *Bahía Inútil*. Sta partendo da Palermo alla volta di Alessandria, in Egitto. Ha un carico di casse contenenti motori agricoli. Riceve una telefonata da Nenè. MG, che è in Egitto, si è messo nei guai un'altra volta. Ha chiesto aiuto, deve fuggire. Nenè vuole salire sul *Bahía Inútil* travestita da uomo e usare la nave per salvare MG. Tutti gli altri sistemi le paiono troppo prevedibili e quindi troppo esposti. Usodimare questa volta rifiuta categoricamente. Nenè, senza esitazione, a freddo, lo ricatta, svelandogli quello che lui sa già benissimo. Il suo carico è fatto sí di macchine, ma definirle agricole farebbe ridere chiunque. Non esistono macchine agricole in grado di seminare granate. Sono quelle cose che fate voi liguri, gli dice, dandogli l'ora del suo atterraggio a Palermo.

Dico a Donna Marina che Usodimare appunta l'arrivo di Nenè sulla nave. Glielo leggo.

La vedo arrivare anche da lontano, e al buio – scrive. – Si è messa davvero dentro una tuta da operaio. E cammina troppo sicura fra le pozzanghere e i coni di luce. Sale lungo la scaletta, a testa bassa. Consegna qualcosa, troppo bruscamente, al marinaio di guardia, che si volta verso di me. Non è normale che io sia rimasto sulla nave e non sia in città. Faccio un segno e quello strano operaio può proseguire. C'è ancora un camminamento, poi un'altra scala. La guardo dall'alto come non l'ho mai vista, sopra il berretto a visiera. Tutto sarebbe perfetto se non fosse per i fianchi. Sono una lontananza. Un ritmo. Sono una delle poche confutazioni credibili della morte. Nenè lo sa e sa che non può farci niente. Non decide lei. Nessun travestimento è possibile. Mi chiede se va bene come si è messa. Le rispondo che è quasi perfetta, che da oggi mi sento attratto dagli uomini, anche perché le donne non portano fortuna alle navi. Mi chiede se ci credo davvero, e io le rispondo, come faccio sempre, che questo non è un mestiere moderno.

Entra nella mia cabina. Si toglie il berretto accompagnandolo via con un'onda del capo. I capelli sono ancora troppo lunghi, le dico. Va bene cosí, mi risponde secca, il pollo è per me? Il pollo è per lei. Lo divora con le mani e intanto racconta. Le sue mandibole fanno come sempre un rumore primordiale. Che è il rovescio acustico della visione tattile delle sue labbra. Una donna di carne e di ossa, penso. Credo che non si possa dimenticarlo.

Neanche baciandola, neanche prendendola. Non ti distrarre, mi dice. Non mi distraggo, ma la storia, l'ultima, di MG la so già a occhi chiusi. MG è in Egitto da anni. È partito poco dopo il mio primo imbarco e, diciamo, è meglio che non torni in Italia attraverso le normali barriere doganali. Allestisce mense per i cantieri italiani che lavorano nel deserto. Ufficialmente. Massima sorveglianza e islam, certo. Ma MG è straordinario, come io dovrei sapere. E fra un cantiere e l'altro si occupa di import-export. Da e per l'Egitto, non da e per Milano, sí. Si è scelto un lavoro e un posto dove non può cadere in tentazione, dove altri, piú stupidi ma piú intransigenti di lui, di lui si occupano senza neanche immaginarselo. Ma MG si è anche organizzato la variante, la trasgressione, come no, import-export da e per l'Egitto. MG è bravissimo anche oggi a cavarsela. Naturale, come sempre. Nenè non lo vede da cinque anni. MG torna ogni tanto a Genova e allora la chiama, e ci vediamo, mi dice Nenè guardandomi. Come sempre, dico. Sí, dice lei, come sempre, è cosí e basta. Poi MG riparte.

Nenè dice che mi trova bene, ma come mai questo cargo assurdo dal nome assurdo? Cos'è, l'armatore è un filosofo? Le spiego che è un momento di magra, che riprenderò le crociere dei Caraibi, che il nome non è assurdo, ma quello di una baia in fondo al Cile e che l'armatore è una Compagnia e in quanto tale anonima e forse per questo, ma solo per questo, assai filosofica. Ma non le interessano queste cose, riprende il filo MG, pensa forse che ancora mi interessi, mentre è solo lei che ora potrebbe portarmi in fondo al mondo. MG ha trovato un affaruccio non troppo legale con dei diamanti, e poi insieme ai diamanti s'è scoperto che c'era anche della droga. MG non lo sapeva, mi dice Nenè guardandomi negli occhi. Come no, dico io. E lei tace. Poi prosegue. Qualcosa non ha funzionato. E in Africa pare che non si scherzi. È un continente privo di umorismo. Lo dovrei sapere anch'io. Infatti lo so. Nenè è convinta che MG non stia bene. Un telegramma dopo cinque anni. Portami via. È stato tutto. Va bene, dico, andiamo a prendere MG.

Penso che Nenè mi ha trovato in un pomeriggio. Ha fatto presto. Come sempre.

Donna Marina annuisce e continua. Usodimare riesce a imbarcare MG sul *Bahía Inútil*. L'unica cosa che gli sente dire è che i soldi sono al sicuro e che ce n'è per tutti, per sempre. Poi MG parlerà solo con Nenè. Quando il cargo entra nelle acque italiane, viene avvicinato da una corvetta della guardia di finanza. È una giornata di pioggia battente. Il mare è forza quattro. I finanzieri salgono a bordo senza troppi complimenti. Hanno le armi in pugno e convocano tutti in plancia. Sanno chi è MG e lo vogliono trasportare sulla corvetta. MG fa un gesto brusco, dicono in modo involontario, e involontariamente, dicono, a un finanziere parte una breve raffica, che involontariamente centra Nenè al petto. Usodimare le tiene sollevata la testa, mentre il medico di bordo, spaventatissimo, fa quello che può. Poco. Perché non c'è niente da fare. Nenè dice qualcosa a Usodimare e Usodimare non lo dimentica piú. Io mi fermo qui Pepe, dice. Ti lascio qualcosa su questa nave, no? Trovalo, cercalo almeno.

Il *Bahía Inútil* viene sequestrato, MG portato via per sempre, finalmente, e Usodimare riabilitato solo dopo tre anni di quarantena. Da allora, lo si vede dalla memoria del computer, segue la nave in ogni nolo, in ogni viaggio, ma fino all'ultimo, fino alla rotta verso Chittagong, non ci si imbarca piú. È come se volesse liberarsene e nello stesso tempo non potesse lasciarla.

Dunque è ancora una volta Nenè che muove Usodimare anche nel suo viaggio a Chittagong. Ma che cosa vuol dire con le sue ultime parole? Che cos'è quel qualcosa a cui Nenè allude? Una confessione d'amore finalmente trascritta in una lettera? Oppure è un oggetto che ha un significato per entrambi? Oppure, piú concretamente, il modo per recuperare il denaro di cui parlava MG? Oppure Nenè parla di quell'ultimo loro pezzo di vita vissuto fianco a fianco, di cui Usodimare avrebbe dovuto trovare, cercare almeno, il senso? Donna Marina non lo sa. Se lo è domandato, è vero, piú volte, come dimostra il messaggio che raggiunge Usodimare a La Habana. È però d'accordo con me che Usodimare deve pensare che questo qualcosa abbia a che fare con la verità, o almeno con una parte di essa.

Dalla città ricurva sono tornato qui a Chittagong per provare a mettere in fila gli ultimi tasselli della storia. Quello che il nostromo Niretinho voleva ancora dirmi, combinato con le tracce che Usodimare ha lasciato nel suo personal, intrecciato con le storie di Donna Marina poteva portarmi ancora avanti, ora che il tentativo di arrivare subito alla fine era naufragato contro ciò che le parole di Nenè non dicevano.

Niretinho ha voluto ancora limonate e ancora trecento dollari. Pochi. Anche se non credo che la Compagnia li giudicherà ben spesi. In questo caso dico subito che sono disposto a toglierli dalla mia nota spese e a rimetterceli di persona. Sono d'accordo che ora la storia va oltre la mia missione.

Il racconto di Niretinho riprende a duecentocinquanta miglia da Chittagong. Dentro un giorno di pioggia. Il quarantesimo di fila. Quel giorno, dopo qualche ora di sospensione, l'orizzonte si chiude come un sipario a meno di un miglio dalla prua del *Bahía Inútil*, che procede alla velocità prevista e decisa. Il sipario – è un sipario grigio – avanza cancellando via via il mare che rimane a prua della nave. Cancella lo spazio. Cancella le onde morbide. Cancella la prua. Cancella le gomene e le bitte. Cancella i boccaporti. Cancella i tientibene. Arriva qui. Piove sui vetri della plancia, dove Niretinho sta accanto a Usodimare. Piove fitto e sottile. Si sente gocciolare sui bulloni, sulle pulegge, su ogni scalino delle scale. Si sente gocciolare la nave in mare. Acqua dentro l'acqua, acqua sull'acqua. Sono dentro al cielo che li accompagnerà fino a Chittagong. Non vedono piú in là della prua. Ma sanno che non c'è nulla da vedere. Si sentono cancellati dal mondo. Si sentono per la prima volta un equipaggio. Sentono la solitudine assoluta. La concreta, possibile, imminenza del naufragio. Navigare in quei momenti è un rumore diffuso. Una vibrazione. La nave che ti porta, ti protegge e ti condanna. Il diluvio universale ha avuto giorni indistinti come questi. Il mio mestiere, appunta Usodimare, si fa anche per giorni cosí. Chiede la cerata, che è già zuppa perché è quella che usa anche il nostromo. Sul *Bahía Inútil* non c'è abbastanza di niente, appunta Usodimare. Non c'è abbastanza carburante, non c'è abbastanza equipaggio, non c'è abbastanza caffè, non ci sono abbastanza misure di sicurezza, non ci sono abbastanza cerate. Usodimare esce sul ponte e l'acqua gli entra perfino dalle maniche. Come se piovesse al contrario. Sono inclinati di qualche grado, ma non sembra esserci alcun pericolo. Poi, all'improvviso, il sipario grigio si dirada. Una sosta, finalmente.

Niretinho gli fa dei segni con le braccia da dietro i vetri della plancia. Usodimare guarda in quella direzione. A dritta. A dritta, all'orizzonte, sono spuntate dal nulla due prue. Sono imbarcazioni di medie dimensioni, che puntano sul cargo. Usodimare torna in plancia e osserva con il binoccolo. Poi lo passa a Niretinho, che guarda anche lui e poi dice una sola cosa. *Os piratas*.

Quando Usodimare sente le parole *os piratas*, e le sente sussurrate in portoghese, annoterà poi, ha come una folgorazione di irrealtà. In sequenza e senza che possa farci nulla gli attraversano la mente Long John Silver, «quindici uomini sulla cassa del morto e una bottiglia di rum», ma poi, senza soluzione di continuità, i molti, serissimi avvisi e dispacci inviati, fra i Caraibi e l'Oceano Indiano, da serissime capitanerie di porto che mettevano in guardia contro arrembaggi e attacchi, parlando di incredibili violenze, di omicidi e massacri. *Os piratas*. Non c'era nulla da ridere, scrive Usodimare. Quelli di oggi hanno in comune con quelli di ieri la strategia di apparire dal nulla e nel nulla svanire e la tattica di non fare mai ostaggi. Di uccidere tutti. Subito. *Os piratas*.

Nello stesso istante in cui Usodimare vede tutto questo arriva per radio, in un inglese basico, l'ordine di fermare le macchine, altrimenti il *Bahía Inútil* verrà affondato. Usodimare ordina una virata di novanta gradi e avanti tutta. Non hanno scampo, lo sa benissimo. Ma vuole fare qualcosa. Riprende il sipario grigio, fittissimo. Le due prue scompaiono a poppa, ma davanti al *Bahía Inútil* qualcosa attira l'attenzione di Usodimare. A meno di mezzo miglio a prua, e per un arco che quasi circonda la nave, è come se l'acqua che viene da sopra rimbalzasse sulla superficie del mare. Come se l'acqua del cielo non riuscisse a penetrare dentro l'acqua del mare. Anche Niretinho capisce subito di che cosa si tratta. Sono container che galleggiano a pelo d'acqua. Un carico fissato male che ha incontrato la sua onda chissà dove, chissà quando. Oppure un modo veloce per sbarazzarsi in poco tempo di materiali troppo caldi. Rifiuti. Rifiuti micidiali, perché il *Bahía Inútil* non riuscirà a fermarsi, neanche facendo macchine indietro a tutta forza. Come Usodimare urla nell'orecchio del timoniere. Fatto e non c'è altro da fare. Gli inseguitori hanno previsto ogni mossa di Usodimare. E certo anche la disperazione, il panico dell'equipaggio. Il *Bahía Inútil* arriva inerte, quasi fermo ma non fermo, fra i container. Si sentono gli urti del ferro contro il ferro. Arrivano dal fondo dello scafo, dal fondo del mare sembra, fino nel cervello di ogni marinaio.

C'è solo da sperare di non incontrarne uno troppo di spigolo, troppo pesante. Il ferro continua a rimbombare. Come una campana a morto sottomarina. Il *Bahía Inútil* è fermo sull'oceano. Sta a galla. A poppa le due prue si fanno sempre piú vicine. E incontro a loro il *Bahía Inútil* comincia finalmente a muoversi con le macchine indietro tutta. Si scioglie dall'abbraccio del mare di ferro e va incontro al suo destino. Dopo una mezz'ora le due navi spuntate dalla pioggia si affiancano al cargo. Sono due motonavi molto moderne, bianche. Da lontano possono essere confuse con panfili da crociera. Compiono tre virate intorno al *Bahía Inútil.* Non c'è un rumore oltre a quello dei motori e della pioggia che batte sui ponti. L'equipaggio di Usodimare è tutto in coperta. Ogni uomo sa che cosa l'attende e tutti sono come annichiliti. Guardano quegli altri uomini in blue jeans e cerate di ogni colore che ora sono fuori, sulla coperta dei due panfili. Imbracciano mitra corti e alla vita hanno pistole. Non c'è un ordine. Sembra che tutti sappiano che cosa deve accadere. Da uno dei panfili viene lanciata una cima a cui è fissata una biscaglina. Lentamente, irrimediabilmente, due marinai del *Bahía Inútil* la fermano alla murata del cargo. A uno a uno salgono in coperta dieci uomini. Con le canne dei mitra fanno segno ai marinai di inginocchiarsi lungo il parapetto della nave. Faccia al mare. Usodimare e Niretinho sono gli ultimi della fila. Quello che sembra il capo ordina a due dei suoi, in una lingua che sembra portoghese, di ispezionare l'interno della nave. Intanto piove su tutto, i volti di tutti sono bagnati. Non si riescono a tenere gli occhi aperti. Si sente il rumore dell'acqua sul ferro, sulla plastica, sul legno. Dell'acqua sull'acqua, sulle canne delle armi. Tutti stanno immobili, tranne quello che sembra il capo, che si avvicina a Usodimare e in un inglese subtropicale gli chiede se lui è il capitano. Usodimare alza il volto e gli dice di sí, bene gli risponde quello, allora ti userò il favore di ucciderti per ultimo. Non possiamo portarvi con noi. Usodimare continua a guardarlo negli occhi senza provare niente. Senza una smorfia. L'altro lo colpisce al volto con la canna del mitra. Usodimare sente il sangue in bocca. Lo beve insieme alla pioggia, al muco, alla saliva. La morte, pensa, è questo sciogliersi in un liquame indistinto.

Finalmente i due che il capo aveva mandato sottocoperta tornano fuori e guardandolo scuotono la testa. Sotto non c'è nessuno. L'uomo fa scattare l'otturatore, va dal lato opposto a quello dove si trova Usodimare, appoggia una mano sulla spalla del primo marinaio, la canna alla nuca e fa fuoco. È rapido. Preciso.

Uno

Due

Tre

Quattro

Cinque

Sei

Usodimare e Niretinho vedono che il settimo marinaio urla qualcosa e continua a urlare a squarciagola con l'affanno dell'orrore. L'uomo si ferma, lo tira in piedi, lo spinge contro il parapetto e gli parla con calma, sempre puntandogli la pistola in faccia. Quello annuisce, disperatamente. Risponde di sí una, due, tre volte. Alla fine l'uomo fa fuoco sulla faccia del marinaio e contemporaneamente spinge il corpo in mare. Per un istante la pioggia si tinge di rosso. Poi piú niente. Tutto continua a gocciolare, a bagnarsi. Se qualcuno degli altri marinai, tutti ancora in ginocchio, si pisciasse nei pantaloni per il terrore nessuno se ne potrebbe accorgere. L'uomo torna da Usodimare. Lo fa alzare e, appoggiandogli la pistola alla pancia, lo spinge contro il parapetto. Riprende con il suo inglese universale. Si fa intendere benissimo e comunque Usodimare sa che non ha tempo per fingere di non capire. Per salvarsi la vita, gli dice, quello mi ha raccontato che hai promesso diecimila dollari a chi ti trova qualcosa su questa nave. Mi è sembrato strano, e allora gli ho detto di giurarmelo su sua madre. Se no lo uccidevo. Lui lo ha fatto e per onorare la sua memoria ora gli voglio credere. Io dico, con diecimila dollari uno di questi straccioni vive per parecchio tempo come un re da queste parti. E mi dico che come lo so io lo sai anche tu. E allora mi dico che quello che cerchi deve valere per te molto ma molto di piú di diecimila dollari. Mi segui? Che cos'è che gli stai facendo cercare? Non lo so, dice Usodimare fra le lacrime della pioggia. Una lettera forse, che per me varrebbe moltissimo e per te niente. O forse un mucchio di soldi, che avrebbero molto valore per tutti e due. Ma non lo so. L'uomo lo colpisce ancora, questa volta con la mano. Usodimare si aspettava il colpo, che per questo non gli fa meno male. Puoi continuare per giorni, dice, ma le cose stanno cosí. Sei fortunato che giorni ora non ce n'ho. Abbiamo una piccola cosa da fare. Ma ne riparleremo dopo, se sei d'accordo. E lo colpisce di nuovo. Poi urla qualcosa in portoghese ai suoi, che fanno alzare Usodimare e i marinai che restano e li spingono dentro la cabina di comando. Chiudono la porta e tutto sembra finire. I marinai guardano Usodimare e iniziano a togliersi lentamente le cerate. Muti. Dall'oblò della cabina Niretinho vede che tutti gli uomini ora issano a bordo in gran fretta, con cime e paranchi, quello che sembra materiale da costruzione. Tavole, tubi, barili sigillati. Sistemano tutto sul ponte del *Bahía Inútil*. In ultimo, usando la mancina leggera del cargo, caricano in fondo alla stiva cinque grandi casse. Chiudono i boccaporti e tutto sembra di nuovo finire. Le due motonavi si allontanano e il *Bahía Inútil* riprende la navigazione, compiendo un'ampia virata verso sud. Usodimare e quel che resta dell'equipaggio rimangono chiusi in cabina. Nessuno dice niente. Niretinho si siede vicino al suo capitano.

Passano due giorni. Sera e poi mattina. Sera e poi mattina. Il tempo per uscire dal diluvio universale ed entrare in una zona torrida. Usodimare e i marinai restano chiusi in cabina e ricevono da mangiare una sola volta al giorno. Dall'oblò riescono a guardare le mosse del nuovo equipaggio. Non appena smette di piovere tutti gli uomini si dànno un gran daffare a montare le strutture che hanno caricato in coperta. Aprono i barili. Si tratta di vernice, e di ponteggi volanti. Vestiti di tute blu, come operai di un qualsiasi porto del mondo, ridipingono il *Bahía Inútil* senza fermarne mai la navigazione. Sono organizzati benissimo, con nebulizzatori ad aria compressa. Lavorano senza sosta per una settimana, a turni, giorno e notte. Il *Bahía Inútil* da ruggine che era diventa blu. Usodimare capisce che ne staranno cambiando anche il nome. Tutto sembra seguire un piano ben preparato. Ma all'alba del quinto giorno si sentono anche da dentro la cabina le urla di una rissa. Che a quanto pare viene sedata in pochi minuti. Il settimo giorno le urla di un nuovo scontro si fanno ancora piú feroci. Niretinho vede dall'oblò che questa volta interviene il capo in persona. Immediatamente dopo, qualcuno armeggia con la serratura della cabina. Usodimare viene trascinato fuori. Racconterà poi ai suoi l'incontro con il capo.

Ci hai nascosto qualcosa, capitano, gli dice quello. C'è qualcuno a bordo che si diverte a derubare i miei uomini. Per carità, piccole cose, un coltello, una cintura, una giacca, persino una scatola di caffè. Ma, vedi, sono proprio quegli oggetti da nulla a cui ci si affeziona. E cosí i miei uomini si innervosiscono e lavorano male. E io non voglio che lavorino male. Coraggio, non ti far fare di nuovo del male, dimmi chi ancora c'è sulla nave. Non gli faremo nulla, per ora. Gli faremo restituire quello che ha rubato e lo sbatteremo in cabina con tutti voi bravi marinai. Ti ho già detto che non ho tempo, per ora, per queste cose. Non può essere uno dei tuoi?, prova Usodimare che sa di non avere una risposta credibile. Se i miei si rubano qualcosa a vicenda e io li scopro, sanno che li ammazzo. Non ne vale la pena. Usodimare non ha scelta e cerca di spiegare che anche prima, anche a lui, sono sparite nel corso della navigazione alcune piccole cose. Racconta che ha ispezionato tutti gli uomini e ogni angolo della nave, ma che non ha trovato nulla. Dopo un po' i furti sono cessati, finché non sono arrivati loro e hanno rubato tutta la nave. Il capo sorride e gli dice che la spiegazione non è credibile, ma che non pensa che Usodimare abbia tanto coraggio da inventarsi una storia cosí assurda. Lo fa riportare in cabina senza torcergli un capello. Ma se ci sarà un altro furto, ucciderò uno dei tuoi. La cosa accade puntualmente il giorno dopo, e puntualmente la porta della cabina viene aperta. Prendono di forza il primo marinaio che capita loro a tiro, lo trascinano fuori e lasciando la porta aperta, in modo che tutti possano vedere, lo scaraventano fuori bordo. Compare il capo e, sono un uomo di poche parole, dice, ma di parola. La porta della cabina viene chiusa. Dentro restano gli uomini, la paura e il rumore della nave. Altri quattro giorni di navigazione e non accade nulla. Il quinto il *Bahía Inútil* entra nel porto di Kakinada. Anche dall'oblò lo si riconosce. Usodimare viene nuovamente portato dal capo, il quale indossa ora una specie di uniforme. Perfettamente in ordine. Questa nave, spiega a Usodimare, ora è il *Passat*, un cargo nicaraguense, che aspetta il suo carico nel porto di Kakinada dalla compagnia «Tradfer». Tutto dovrebbe concludersi fra tre giorni. Tu sei Pietro Casalegno, il capitano. Almeno questo è quello che dicono tutti i documenti che porterai con me, tuo nostromo, alla capitaneria di porto. Credo non ti convenga contraddirli. Usodimare annuisce, si mette l'uniforme pulita che gli hanno portato e si avvia con il capo sulla banchina a cui hanno attraccato. Deve prendere tempo, solo questo ha in testa. Prendere tempo. E cosí esegue perfettamente tutto ciò che gli è stato ordinato. Non gli ci vuole molto perché i funzionari del porto di Kakinada molto non sembrano voler sapere. E bravo capitano, gli dice il capo una volta ritornati a bordo del *Passat*, come premio ti ucciderò per ultimo. Ma forse te l'ho già detto. Durante la notte due grossi camion a luci spente si affiancano al *Passat*. Dal cargo le casse caricate nella stiva vengono scaricate sui rimorchi in gran fretta. Tutta l'operazione non dura piú di quaranta minuti. Immediatamente dopo il *Passat* salpa e prende il largo, di notte, senza nessun pilota del porto. Con un semplice comunicato radio. Quando arriva di nuovo livida l'alba, di nuovo si sentono voci all'esterno della cabina di comando. Questa volta non sono confuse. Sono urla precise. E spezzate. Capitano, sentono una voce Usodimare e i suoi da dietro la porta della cabina. Capitano, abbiamo ritrovato il coltello che era sparito. Il problema ora è che lo abbiamo trovato ficcato dentro la gola del marinaio che non lo trovava piú. Questo non porta bene, dicono i miei. Perché sulla nave non c'è nessuno, tranne voi e noi. E voi siete chiusi lí dentro. Allora ho pensato di uccidervi tutti. Ma i miei sono un po' superstiziosi. Dicono che siete già degli spettri. E che uccidervi di nuovo porterebbe sfortuna. Allora faremo cosí. Fra un'ora arriviamo al punto di incontro con le nostre navi. Ci imbarcheremo, e lasceremo andare questo stramaledetto cargo per i fatti suoi. Penso che morirete di caldo, di fame, o anche di sete. Non lo saprò mai e questo mi dispiace. Ma so che sarà lenta e questo mi riempie di gioia. Addio, capitano.

Dopo un'ora Usodimare e i suoi sentono gli urti delle motonavi contro le murate del cargo. Qualche voce, poi piú niente. Gli uomini di Usodimare cominciano a tentare di aprire la porta. È bloccata dall'esterno. Non è possibile forzarla. Passano sette giorni e sette notti, mentre il *Passat* continua a procedere a velocità sostenuta. All'ottava alba un marinaio si appoggia sfinito alla porta, che cede all'improvviso. Quasi senza respiro, senza chiedersi come sia stato possibile, escono tutti in coperta. Ora si contano. Sono in nove. Usodimare ordina di fare il punto nave e di dirigere su Chittagong. Dove arrivano dopo quindici giorni con un mare forza sei e con l'equipaggio allo stremo delle forze. Nel frattempo Usodimare è riuscito a far ridipingere il vero nome sulla fiancata della nave. Il *Bahía Inútil* è tornato il *Bahía Inútil.* Sotto il blu posticcio riappare qua e là il color rame di prima. Dalla capitaneria di Chittagong dicono che il mare è troppo forte per tentare di arenare la nave sulla spiaggia dei cantieri di demolizione. Bisognerà incrociare al largo aspettando che si plachi. Sul *Bahía Inútil* i viveri sono quasi a zero e i nove uomini impauriti e sfiniti. Dopo quarantotto ore il mare è ancora mosso ma lungo. Usodimare decide di spiaggiare comunque la nave. È la manovra che non ha mai fatto.

Usodimare chiede al timoniere di lasciargli il posto. Vuole avere la nave nelle sue mani, cosí almeno pensa Niretinho vedendogli le nocche sbiancare mentre stringe le manicce del timone. Il mare è lento, profondo. Quando il *Bahía Inútil* è nel cavo dell'onda, l'orizzonte sparisce e dalla parte opposta sparisce anche l'infinita spiaggia di fango di Chittagong. Questo accade una due tre cinque volte, e ogni volta che l'onda passa sotto il cargo la città si fa minacciosamente piú vicina. Usodimare contrasta il movimento a vite del *Bahía Inútil* con la forza delle braccia, facendo ricordare alle mani il miracolo dell'equilibrio che ancora gli rimane dai suoi primi timoni a vela. Il *Bahía Inútil* si raddrizza ogni volta e ogni volta con le macchine a tutta forza si dirige verso il suo ultimo destino. È leggero sulla cresta dell'onda, come volesse dimostrare di essere ancora in grado di volare sul respiro del mare, sui frangenti, sull'orizzonte infinito di una nuova rotta. Ma non è cosí. Ciò che lo attende è la metamorfosi in cosa immobile. Opera morta per sempre. Nonostante le maree, nonostante il vento.

Sull'abbrivio di un ultimo colpo di timone, Usodimare sente la chiglia che comincia a toccare la sabbia. Stringe ancora di piú i pugni. Sa che fra poco non ci sarà piú niente da fare. Il timone inizia ad arare la rena e a piantarsi sempre piú a fondo. Con un ultimo scatto la ruota del timone rigetta le mani di Usodimare. Ecco. La nave, con un urlo immenso, si sta trasformando in qualcosa d'altro. Un gigantesco insetto di ferro incollato con il ventre alla terra. Ancora cento metri. Cinquanta, venti, dieci. Poi un urlo di ferro. Poi piú niente. Fondo alle ancore, dice Usodimare. Si accende una sigaretta. Tutto è finito. Un ultimo rullio. Finito.

Qui ha termine il viaggio del *Bahía Inútil*. Con la bassa marea, il giorno dopo, quel che resta dell'equipaggio svanisce. Niretinho è l'ultimo a lasciare il suo posto. Va a salutare Usodimare. Lo trova in plancia con i grafici della nave. Cercherà ancora, capitano?, gli chiede. Non so, risponde Usodimare, addio Niretinho, peccato che non sia stata un'altra occasione. Lei è un ottimo marinaio. Si stringono la mano.

Quel che resta della presenza di Usodimare a Chittagong l'ho saputo indagando per settimane fra questi miserissimi operai. Sono tutti malati e vogliono essere pagati sempre, per qualsiasi cosa, ma soprattutto per parlare. La loro miseria è talmente profonda che per sapere tutto quello che sapevano, non molto comunque, non ho speso che cinquecento dollari. Anche per questi, naturalmente, vale la mia proposta di stralcio dalla nota spese.

Dunque, Usodimare non scende dalla nave. Convoca, fin dal primo giorno, la squadra dei demolitori con il loro caporale. Fa una proposta. La solita. Diecimila dollari se gli troveranno quello che cerca. Se quello che cerca c'è. Devono lasciare la plancia per ultima. Inizino dalla prua, poi passino alla poppa e poi, se per allora non si sarà trovato nulla, distruggano pure tutto. In piú paga qualcuno che gli porti ogni giorno del rum, un po' di viveri e dell'acqua. Per demolire praticamente a mani nude un cargo come il *Bahía Inútil* ci vogliono quasi cinque mesi. In questo periodo Usodimare non abbandona mai la nave, nonostante i miasmi sempre piú forti, nonostante il caldo, nonostante gli operai che a poco a poco lo derubano un po' di tutto. Ogni tanto, anche nelle ore piú calde, qualcuno lancia un grido, ha trovato qualcosa. Allora Usodimare, a volte un po' ubriaco, si mette la giacca, calza il berretto e scende fra rottami ogni giorno piú pericolosi anche fino alla chiglia, fino negli angoli piú remoti della stiva o della sentina. Per alcune settimane la torre di ferro della plancia e la prua ancora intatta rimangono una di fronte all'altra senza piú niente in mezzo. Tranne la risacca e il fango. Il resto della nave non esiste piú. Portato via, chissà dove, pezzo a pezzo. Quando lo chiamano, Usodimare scende fino al fango, cammina affondando fino a raggiungere quel che resta della prua. Scuote sempre la testa, guardando un giorno una bottiglia vuota, un giorno uno straccio che un tempo era una camicia, oppure un pezzo di legno, a volte con qualche scritta illeggibile. Poi torna indietro, quasi sui suoi passi, affondando di nuovo fino al ginocchio. Risale in plancia o si chiude in cabina. Forse si versa dell'altro rum. Passano cosí le settimane. I mesi. Alla fine quell'uomo bianco che vive la morte della sua nave e resta appollaiato su una specie di enorme chiodo conficcato sul fondo del mare diventa una leggenda a Chittagong. I bambini ne hanno paura e gli uomini lo guardano con un rispetto di cui non riescono a capire bene la natura. Il *Bahía Inútil* scompare centimetro per centimetro fra gli altri rottami di Chittagong. Alla fine, mi dicono, non doveva esserci nulla. Il capitano che ha controllato pezzo per pezzo ogni frammento della sua nave non ha trovato niente. E un bel giorno è sparito.

È vero, hanno avvisato la capitaneria di porto, la quale ha avvisato gli armatori del *Bahía Inútil*, i quali hanno avvisato la nostra Compagnia che aveva assicurato Usodimare. E la Compagnia ha mandato me. Per completezza, se non per l'utilità del mio rapporto, devo aggiungere quella che, per ora, sembra essere l'ultima pagina della vicenda. La scrive Usodimare ovviamente, e io la trovo nel suo computer. La riporto senza aggiunte né omissioni. È scritta la sera prima della sua definitiva scomparsa.

Per terra ci sono stracci, scatole di conserva e di biscotti che riconosco benissimo. C'è anche un coltello. Un altro, penso. E un libro che mi sembra una Bibbia. Cosí tu sei quello che ci rubava la roba?, gli dico, e gli chiedo, chi sei? Sono quello che vi rubava la roba, che vi ha salvato la vita e che vi ha sbloccato la porta della cabina dove stavate morendo di caldo e di sete, mio capitano. Sono un pescatore, mi dice. Sono il suo clandestino, capitano, dice. Capisco, dico senza capire, e allungo una mano sull'oggetto che mi sembra piú familiare, la Bibbia. Il clandestino si fa molto nervoso e comincia a dirmi che non dovrei toccare quel libro se non lo conosco. È il libro di Dio e del diavolo. Si alza in piedi e si muove contro la parete di ferro. È magro, ma ancora in perfetta forma fisica. Mi tengo pronto. Lo conosco, dico per cercare di calmarlo, lo conosco, figurati, lo conosciamo tutti. Il clandestino si ferma e mi dice che ha scoperto una cosa, che il libro non dice la verità. O che almeno non dice la cosa piú importante. Come se mi confidasse un segreto, mi dice che le balene bianche non esistono per il semplice motivo che la balena bianca non è una specie ma un individuo. Ce n'è sempre stata una e una sola, che nuota dall'inizio dei tempi, da molti milioni di anni prima che esistesse l'uomo. Certo, mi dice, poi ha incontrato quel capitano americano che si è portata via, ma sta ancora nel mare da qualche parte e ci sarà anche dopo la fine del «Bahía Inútil». E se per questo anche dopo la fine del mondo. È sempre la stessa, proprio lei, quella che ha visto tutto, e proprio per questo c'è un'altra cosa, mi dice. Lei non è cattiva, non sa neanche che esistiamo, figuriamoci se ci vuol fare del male. Semplicemente non si accorge di noi come non si accorge degli arpioni dell'americano. Noi per lei non esistiamo neppure. E c'è di piú, secondo me lei se la ride, se la ride un mondo in fondo al mare, ma nessuno lo sa.

Lascio il clandestino alle sue teorie e a quella che crede la sua Bibbia. Gli comunico che domani dovrà comunque decidersi a sbarcare. Mi dice pazienza, e si corica sui suoi stracci.

Ora sono qui, piantato dentro questo ferro e penso a ciò che ho creduto di vedere nelle parole di Nenè. Di che cosa era pieno il vuoto di cui mi hanno colmato in tutti questi anni? Devo la vita a lei e a questo folle e forse neppure loro hanno saputo che io nel frattempo esistevo. Come la balena. Se la ridono. Con la balena. Tutti e tre. Lontani da me.

Rivedo Nenè. La rivedo mentre sale sulla mia nave vestita da uomo. Risento l'odore di limone delle sue dita.

Il giorno seguente Usodimare scompare. La capitaneria di porto ci avvisa dopo una settimana. Ho cercato il clandestino senza successo. Ho cercato qui e nella città ricurva qualcuno che fosse legato a Usodimare. Qualche amico, qualche conoscenza. Niente.

Non credo, ma deciderete ovviamente voi, che la Compagnia debba pagare il premio dell'assicurazione a chicchessia.

Ancora una cosa. Oggi sono tornato alla baracca dove mi incontravo con Niretinho. Per la prima volta si avvicina il padrone. Con mia sorpresa scopro che anche lui è un italiano. Viene da una famiglia di pescatori di Camogli. Non vede l'Italia da cinquant'anni. È uno di quegli uomini che cercano dappertutto la fortuna senza sapere che per trovarla bisogna averne. Almeno un po'. Almeno all'inizio. Mi dice che Usodimare veniva qualche volta a bere qui da lui, che non è vero che non lasciasse mai la nave. E poi?, gli chiedo. E poi un giorno è scoppiato a ridere da solo ed è andato via. Cosí. Al piú presso del vento.

Einaudi usa carta certificata PEFC
che garantisce la gestione sostenibile delle risorse forestali

Certificato PEFC
Questo prodotto è realizzato con materia prima da foreste gestite in maniera sostenibile e da fonti controllate
PEFC
PEFC/18-32-03
www.pefc.it

Stampato su carta HOLMEN con fibra vergine
proveniente da foreste sostenibili
www.holmen.com/paper

Stampato per conto della Casa editrice Einaudi
presso ELCOGRAF S.p.A. - Stabilimento di Cles (Tn)
nel mese di ottobre 2024

C.L. 26547

Edizione							Anno			
1	2	3	4	5	6		2024	2025	2026	2027